www.tredition.de

AF197912

Helmut Essl

Chronik einer Männersause

und 50 weitere Ratzfatzgeschichten von A bis Z zum Lachen, Weinen und Nachdenken

© 2019 Helmut Essl

Verlag & Druck: tredition GmbH, Halenreie 40-44, 22359 Hamburg

ISBN
Paperback: 978-3-7497-1619-7
Hardcover: 978-3-7497-1620-3
e-Book: 978-3-7497-1621-0

Inhaltsverzeichnis

Meiner Frau Dagmar,
die den Daumen hob oder senkte.

Wir bringen es nicht fertig, stets der Stimme der Vernunft zu folgen.

La Rochefoucauld

Abiball

Die Festhalle lag etwas außerhalb, zwischen Vorstadthäusern und Waldrand, und man sah sofort, dass man sie genommen hatte, um Geld zu sparen und nicht auszugeben. Sie betonte durch eine dunkelbraune quadratische Täfelung ihren Mehrzweckcharakter – Hand- und Basketballspiele, Jahreshauptversammlungen, Hochzeiten, Trauerfeiern, runde Geburtstage sowie Abibälle – und durch eine angebaute Gaststätte und großzügig angelegte Parkflächen ihren praktischen Vorteil. Rechtschaffen und ordentlich wirkte das Ganze, keineswegs aber locker und verspielt – irgendwie nach Feierarbeit.

Das Lehrpersonal hatte seinen eigenen Tisch, die Abiturientinnen, drei Viertel der Klasse, und Abiturienten, das verbleibende Viertel, saßen bei den Eltern, Geschwistern, Freundinnen und Freunden. So war das gewollt, und so wurde das mit Tischkärtchen gesteuert. Das Wichtigste natürlich der Dresscode: Auf der Einladung stand *festlich!!!* Zwei Abiturientinnen wagten es jedoch, in Edeljeans zu erscheinen statt in Ballkleidern, was zur Folge hatte, dass die Klassensprecherinnen ihnen untersagten, die Bühne zu betreten, wenn der Profifotograf das Klassenfoto schieße, man lasse sich schließlich nicht das Bild verunstalten. Die Verbannten gifteten zurück, Robespierre lasse grüßen, der habe auch alles eliminiert, was nicht ins reine Tugendbild passe, und alle vier rannten sichtlich erregt zum Deutschlehrer, um ihm kundzutun, was die Pflichtlektüre „Dantons Tod" im konkreten Leben angerichtet habe, und ihn aufzufordern, sich auf die jeweilige Seite zu schlagen.

Der stand nichts ahnend draußen und blinzelte in die Abendsonne, dachte wehmütig an seinen eigenen Abiball, der keiner war, sondern ein entspanntes Zusammensitzen in kleinem Kreis bei Bier und Brezeln unter einem Baum am Fuße der Achalm ..., als die Amazonen ihn einkreisten. Nach einer kurzen Phase der Orientierung schleuderte er die Frage ins Rund, warum denn Danton und letztendlich auch Robespierre wirklich ihre perückendrapierten Häupter verloren hätten, und jagte die Antwort gleich hinterher: weil sie nicht kompromissfähig gewesen seien. Und was sei das Resultat eines wahren Kompromisses? Wenn beide Parteien gleich unzufrieden seien, da sie jeweils die gleich große Kröte zu schlucken hätten! Alles andere sei realitätsferne Romantik! Kein Widerspruch der jungen Damen.

Einmal in Fahrt holte der Deutschlehrer gedanklich aus. Natürlich dürften Edeljeansträgerinnen aufs Abiballbild, aber die müssten ja nicht unbedingt hervorstechen. Er werde mit dem Fotografen reden, ob der das hinbekomme. Abermals kein Widerspruch. Der Profiknipser war entzückt ob dieser Herausforderung und wusste sie bestens zu meistern: Seitenansicht bei den Damen (18) mit davor platzierten Herren (6) in der Hocke, sodass eine Edeljeans nicht einmal zu erahnen war. Eine Woche später lag das Klassenporträt ausgedruckt auf dem Schreibtisch des Deutschlehrers, aber die Mathematiklehrerin meinte, dass vier Abiturientinnen eher eisig als fröhlich dreinblickten. Der Deutschlehrer schob das auf die Abirede des Schulleiters, jenen vergeblichen Versuch, mangelnde Tiefe durch überbordende Länge auszugleichen, der vor dem Fotoshooting zu ertragen gewesen sei.

Abrupt

An seinem Geburtstag ritt Torsten S. plötzlich der Teufel. Als Selina T. vor ihm durchs Treppenhaus ging, zog er sie abrupt am Pferdeschwanz. Nicht heftig, aber so, dass sie sich umdrehte und ihn abfällig ansah. Dann ging sie wortlos weiter, schlug aber oben ihre Wohnungstür zu.

Nach einer Stunde klingelte Torsten S. bei ihr und entschuldigte sich für sein Verhalten. Das sei falsch und schlecht gewesen, und er versprach ihr, so etwas nie wieder zu tun. Sie nahm das wortlos zur Kenntnis, erwiderte jedoch am nächsten Tag seinen Gruß nicht mehr. Nach vier Wochen zog sie in die Nachbarstadt um.

Dort, so hoffte sie, sei die Wahrscheinlichkeit geringer, Torsten S. zufällig über den Weg zu laufen. Außerdem warf sie sich vor, zu spät gehandelt zu haben, denn auf den Tag genau vor einem Jahr sei dasselbe passiert – nur mit dem Unterschied, dass sie damals Torsten S' Beteuerung geglaubt habe.

Der warf sich elf Monate später auf einer Koppel außerhalb der Stadt weinend zu Boden, weil es ihm nicht gelungen war, eine Stute ausfindig zu machen, die er am Schweif ziehen konnte.

Abstieg

Der Stürmer sagte: „Ich werde kämpfen wie ein Löwe!"
Der Trainer sagte: „Die Mannschaft wird kämpfen wie die
Löwen!" Und der Manager und der Präsident sagten gemeinsam: „Auf dem Rasen wird ein Rudel Löwen sein!"
Doch es war wie immer: Erdferkel versuchten Löwen zu
sein, blieben aber Erdferkel. Und so richtig zusammen ki-
cken konnten sie auch nicht. Also verloren sie auch dieses –
entscheidende – Spiel. Die Fans heulten oder fluchten oder
verstanden nicht, warum man Erdferkel gekauft habe, um
sie auf den Platz zu schicken, wo sie mindestens auf Scha-
kale trafen.

Anpassung

Da er Pilz hieß und die Neigung hatte, schon beim geringsten Anlass kernzuexplodieren, nannte ihn das ganze Gymnasium „Atompilz". Nichts konnte einfacher und natürlicher sein. Er gab zu allem Überfluss auch noch die Horrorfächer Mathematik und Physik in der Oberstufe, und die Klassen, die ihn abbekamen, schienen verloren, denn die Reformpädagogik der 1970er-Jahre war spurlos an ihm vorbeigegangen. Vor den Schülern stand, vielmehr saß, da für ihn bequemer, ein Tyrann alten Schlags und machte das Klassenzimmer zum Gruselkabinett.

Hartnäckig hielt sich das Gerücht, er habe an der Heeresversuchsanstalt in Peenemünde tatkräftig bei der Flugbahnberechnung der V2 gen Coventry mitgewirkt – die Stadt wurde weitgehend zerstört – , doch sein Doktortitel schützte ihn und auch die Tatsache, dass das Land von einem furchtbaren Juristen regiert wurde, dessen braune Untaten noch nicht herausgekommen waren. So bewarf dann der cholerische Oberstudienrat ungestraft seine Schutzbefohlenen mit dem nassen Tafelschwamm oder zerrte sie, begleitet von der üblichen Schimpfkanonade, am Ohr, wenn ihm eine Antwort auf eine viel zu schwere Frage missfiel.

Auch konnte es vorkommen, dass eine Klassenarbeit geschlossen versiebt wurde, da ebenfalls zu schwer, sodass dann spätestens nach zwei Wochen plötzlich die Tür von außen aufgerissen und 25 gelbe oder violette DIN-A4-Hefte ins Zimmer geworfen wurden. „Da habt ihr euren Scheiß!" hallte es dann vom Flur. Hatte er Pausenaufsicht und schlurfte Zigarre paffend über den Schulhof, erstarben abrupt Ausgelassenheit und Fröhlichkeit und bleierne

Schwere kroch in die Herzen und die marternde Frage in die Köpfe, warum man einen Ex- und offensichtlich Immer-noch-Nazi auf junge Menschen loslassen müsse.

Allerdings hatte dieser Dauercholeriker auch jene senti-mentale Ader, die zum rettenden Opportunismus einlud. Anders ging's leider nicht! Manchmal genügte eine An-sichtskarte aus dem Schullandheim, adressiert „An den lie-ben Dr. Pilz", um eine drohende Zeugnis-Fünf in Mathema-tik oder Physik in letzter Sekunde in eine Gerade-noch-Vier umzubiegen. Oder man spendierte ihm das Pausenbrot, wenn er leichenblass, da unterzuckert, den rettenden Stuhl ansteuerte und in die Klasse hineinjammerte, ob man ihm etwas zu essen hätte. Was da plötzlich auf dem Pult lag, hätte ihn eine halbe Woche ernähren können, hielt ihn aber nur die folgende Doppelstunde halbwegs ruhig.

Zu seinem 63. Geburtstag schenkte ihm eine 12er-Klasse eine sündhaft teure Havanna in der Miniholzkiste, da die Versetzung in die 13. anstand, und tatsächlich war er vor dieser Heuchlerschar kurz, aber wirklich nur kurz gerührt. Mit Beginn des nächsten Schuljahrs war er dann endlich weg, sprich: in Pension gegangen. Man munkelte, er sei an die Ostsee gezogen, da man ihn in der Stadt nicht mehr sah.

Backenzahnhund

Des Nachts kamen die Schmerzschübe wie weiland Hannibals Truppenwellen über die Alpen: elefantenstark! Unter dem Goldhelm tobte der Siebener und riss rüsseldicke Löcher in den Schlaf. Im Haus war auch nach der dritten Runde keine Schmerztablette aus irgendeiner Schublade zu ziehen, und die Nachbarn morgens um drei um eine anzubetteln ging schlecht. Auch der alte Trick mit einem schnapsgetränkten Wattebausch drauf versagte kläglich, sodass bis zum zahnärztlichen Nottermin nur eins übrigblieb: sich piesacken lassen. Auszuhalten war's nicht.

Der Weißkittel pfiff am nächsten Morgen kurz durch die Zähne, seine natürlich, und konstatierte „Pulpenpech". Das Zahnmark unter dem Inlay war entzündet und die einmalige Luxusinvestition – man gönnt sich ja sonst nichts – nach einem halben Jahr in die Spucke gesetzt. Außer Eitelkeit nichts gewesen! Was tun? „Wurzelbehandlung" hieß das konservierende Zauberwort. Ein Purgatorium auf Erden, wie sich herausstellen sollte. Ziehen wäre schöner, da kürzer gewesen!

Der routinierte Dr. med. dent. säuberte gründlich, verflucht gründlich, die Wurzelkanäle, dass ich trotz Spritze an die Decke ging und die Engel harfen hörte, wenn einer dieser bunten, hundsgemeinen Stifte allzu sehr auf Tauchstation ging. Dieses Hin- und Hergeratsche wollte gar nicht mehr aufhören. Dann lieber in der Rolle des Lear unbehaust auf der sturmgepeitschten Heide umherirren als sich dermaßen hartnäckig im Kiefer herumfuhrwerken lassen. So empfand ich das jedenfalls!

Nach einer gefühlten Ewigkeit war dann genug im Zahnuntergrund gewühlt und das Ganze wurde abgefüllt und vorläufig zugekleistert. Man sehe sich in drei Wochen wieder, hieß es, um zu schauen, ob das Kupieren des Hundes nicht für die Katz gewesen sei. Sonst müsse noch die Wurzelspitze raus. Das war also die konservative Strategie. Diese weckte aber sofort den Revoluzzer in mir, sprich: den Backenzahnhund in diesem Fall geradlinig killen anstatt ihn kompliziert und endgültig verstümmeln!

Chat

LISA: Noch 50 Meter

MUTTER: Fast geschafft

LISA: Haltestelle erreicht

MUTTER: Prima

LISA: Bus kommt nicht

MUTTER: Hat wohl Verspätung

LISA: Kommt immer noch nicht

MUTTER: Nicht knirschen. Kommt schon

LISA: Kommt

MUTTER: Na also

LISA: Bin im Bus

MUTTER: Toll

LISA: Bus fährt los

MUTTER: Dazu ist er da

LISA: Bus wird langsamer

Mutter: Warum?

LISA: Radfahrer

Mutter: Soll überholen

LISA: Überholt

MUTTER: Endlich

LISA: Steige gleich aus

MUTTER: Tu das

LISA: Tu ich

MUTTER: …..

Chronik einer Männersause

Das Gebräu schäumt, stürzt tosend die Kehle hinunter und wirft die Turbinenschaufeln an. Was für eine Nacht! Ein grinsender Mond steht über der Altstadt, als würde er sagen wollen: „Jungs, lasst die Drachen steigen!" Ganz tief drinnen erwacht ein kleiner Herkules, denn drei Barhocker weiter lockt das Weib. Eigentlich locken zwei, was passt, denn Mann ist auch zu zweit

Witterung ist aufgenommen, das Programm startet: jagen – erlegen – reinbeißen! Zwei Hofhunde zerren am Strick, denn die Angetrauten machen das Wochenende auf Black Forest: „Zwischen Tann und Quell fühlst du dich well!" Die Gelegenheit ist also günstig, und wenn der Pegel bis zum Brustbein steht, muss das Wölfische raus. Das ist die Natur! Das Anschleichmanöver gelingt, die Rehe, jung und schön, verharren auf der Lichtung.

Von nun an bechert man zu viert. Die Damen nippen, die Herren kippen – auch die fünfzig Jährchen weg – und zahlen natürlich das Ganze. Dafür schwillt mächtig die Rute, Mann ist wieder dabei bei der großen Jagd. Irgendwann macht die Tankstelle dicht und bevor die Grauwölfe einen neuen Jagdplan ersinnen, kommt der vielversprechende Vorschlag seitens der Damen, in privatem, selbstverständlich gepflegtem Rahmen ein finales Fläschchen zu köpfen. Sozusagen gleich um die Ecke, wenn's koveniere. Vor Freude jault die Wolfsseele.

Sanft gleitet der Aufzug ins offerierte Männerparadies, diese Nacht eine einzige Verheißung, erst ein letzter Schluck und dann wohl Ramba-Zamba?! Jein! Die Damen werden plötzlich formell und wechseln in den Business-Ton: „Bevor wir zur Sache kommen, hätten wir gerne das Finanzielle geregelt! Geschäftsprinzip! Wir empfehlen den Royal Touch! Da ist alles dabei einschließlich einer Jejubaöl-Massage – entspannend und erleichternd zugleich. Neunzig Minuten für 250 Euro! Ihr könnt auch mit EC-Karte bezahlen!"

Als Ikarus im Überschwang der Sonne nahekam, schmolz das Wachs, und er stürzte ab. „BEZAHLEN?! Seit wann bezahlt der Wolf die Rehkeule an der Supermarktkasse?" Die Damen kontern professionell: „Wenn ihr Appetit auf Junges und Schönes habt, müsst ihr bezahlen! In freier Wildbahn habt ihr keine Chance mehr: zu alt, zu hässlich und zu langsam! Also eiert nicht herum, sonst werden wir hysterisch!" Aus den Wölfen werden Hündchen, die coolen Rehen nicht gewachsen sind. Die Männchen verhandeln über Leerbettgebühren als das kleinere Übel. Auch hier erweist sich die Gegenseite als überaus kompetent.

Kurz vor Morgengrauen kollidieren zwei traurig schwankende Gestalten in der Altstadt mit Mülleimern, die mehr auf dem Gehweg als am Straßenrand abgestellt sind. Die Eimer gewinnen, da sie stehenbleiben, und der Mond versteckt sich erschrocken vor der aufgehenden Sonne.

Demokratie

Sie sagen, die kürzeste Verbindung zweier Punkte liege auf der Geraden durch diese Punkte. Draußen scheine die Sonne, und man könnte im Garten sitzen oder ins Freibad gehen. Er gibt ihnen recht.

Da werden sie mutiger. Man müsse sich nicht von A nach B durch den Dschungel schlagen, wenn es eine Straße gebe. Auch sei es sinnvoller, im Delta dem Hauptarm zum Meer zu folgen als sich endlos in den Nebenarmen zu verlieren. Er widerspricht nicht.

So nehmen sie allen Mut zusammen und unterstellen ihm, er fahre doch von Stuttgart nach Dresden auch nicht über Hamburg, sondern über Nürnberg. Warum konferierten sie folglich immer noch? Das Wesentliche sei doch schon gesagt?

Er lächelt, zeigt die Wolfszähne und fährt sich durchs ondulierte Haar. Erstens rede er gerne, antwortet er, und zweitens sei er der Chef. Sie verstehen sofort, denken aber insgeheim, das Ganze wäre leichter zu ertragen, wenn er wenigstens reden könnte.

Der Neue

Das Schiff liegt ruhig im Wasser und hält Kurs. Wie von unsichtbarer Hand gelenkt, greift das Eine in das Andere, darauf programmiert, reibungsfrei von A nach B zu kommen. Der Kapitän und die Mannschaft schätzen dieses funktionierende System und hegen keinerlei Absicht, neugierig von außen einzugreifen, um einmal zu schauen, was geschieht, wenn man das morgen anders macht, wie man das gestern gemacht hat. Wozu? In Zeiten der Kurzlebigkeit sei Kontinuität etwas Schönes, vor allem wenn sie sicher und geradlinig ans Ziel führe und das zum Wohle aller, so die nie angezweifelte Maxime. Doch dann kommt der Neue, der nun das Sagen hat, als der Alte in den Ruhestand geht, bevor jener sich nicht mehr an ein Haus an der Küste gewöhnen kann.

Der Neue macht nun nicht das, was der Alte gemacht hat, als er vor Jahren selbst neu auf dem Schiff gewesen ist, nämlich ein Jahr lang alles zu studieren, was ineinandergreift, um es zu verstehen. Das interessiert den Neuen nicht, denn er hat Anderes im Sinn. Er lässt zunächst einen bodentiefen Spiegel in seiner Kabine montieren – einen ziemlich teuren wegen des goldfarbenen Rahmens. Am nächsten Morgen stellt er sich davor und sagt: „Bin ICH nicht der Allergrößte?! Aber weiß es das Schiff, weiß es die Welt? ICH muss es ihnen zeigen!" Dabei grinst er wölfisch und streckt seine lange Zunge heraus.

Dann schreibt er eine Rundmail: „Liebe Mannschaft, ICH denke, das Normale ist gewöhnlich und das Kreative ist ungewöhnlich. ICH möchte ein kreatives Schiff. Wozu linear durch die Wellen pflügen, wenn es auch spiralförmig geht?

MEIN Schiff soll mit den Wellen tanzen, sich um sich selbst drehend eins werden mit dem Ozeanischen und Pazifischen und als elementares Gesamtkunstwerk der Menschheit zeigen, dass man auch green sich vorwärtsbewegen kann. Einer muss als Spiritus Rector den entscheidenden Impuls geben, aber auch die Mannschaft werde in die Schifffahrtsgeschichte eingehen, denn bla, blabla, blablabla…"

Nachts schleichen sich die Mutigen zur Kabine des Kapitäns und verbarrikadieren sie von außen, bevor er wirklichen Schaden anrichten kann, und die weniger Mutigen drücken dabei die Daumen. Bei einem Zwischenstopp in Mumbai übergeben sie ihn in Absprache mit der Reederei Beamten des deutschen Generalkonsulats, die ihn freundlich im Gebäude nach dem größten Spiegel suchen lassen, am besten mit goldfarbenem Rahmen. Er wird fündig, stellt sich davor und sagt: „Bin ICH nicht der Allergrößte?! Aber weiß es Mumbai, weiß es…"

Die Stadt. Der Regen. Das Bild.

Der Vortragende und mit Überblendtechnik Zeigende hatte die erste Maiwoche empfohlen, da sei New York am schönsten. Sie hielten sich an diesen Tipp, und es regnete und regnete und regnete. Dazu pfiff ein übler Ostwind vom Atlantik her durch die Wolkenkratzerschluchten Manhattans und brachte die Tropfen so in Schräglage, dass man trotz Schirme, die junge Männer geschäftstüchtig vor dem Hotel verkauften, nass wurde.

Sie saßen am dritten Tag missmutig beim Frühstück, der Bagel schmeckte wieder nicht und die Kellnerin litt mit, machte aber den tröstenden Vorschlag, diesen Tag doch im Metropolitan Museum of Art zu verbringen. Sie könnten sich ja, um Regen und Wind auszutricksen, mit dem Yellow Cab von Tür zu Tür bringen lassen, oder sie nähmen die U-Bahn Linie 6 Lexington Avenue / 51nd St. bis 86nd St. und würden schlimmstenfalls halbnass. Sie nahmen die Subway, weil das Trinkgeld großzügig ausfiel, und als Strafe, weil sie nicht selbst draufgekommen waren.

Dort angekommen, lenkten sie ihre Schritte dahin, wo sie sich von der Kunst das erhofften, was die verregnete Wirklichkeit verweigerte: Sonnenschein! Das versprach die „Europäische Malerei des 19. Jahrhunderts" im Südflügel der ersten Etage. 13 Galerien gab es da zu durchstreifen, und dann standen sie plötzlich vor einem Gemälde, welches die Erwartung erfüllte: „Garden at Sainte-Adresse".

Claude Monet hat es 1867 gemalt, als er den Sommer am Ärmelkanal verbrachte. Schönes hat er auf die Leinwand gezaubert: Vormittagslicht, blauer Himmel mit ein paar Wölkchen drin, sanft gewelltes Meer, lustige Dampf- und Segelschiffe, rot blühende Gladiolen, Damen in Weiß samt Sonnenschirmchen, Herren im Jackett und mit Sommerhut, darunter der Meister selbst, Flaggen in der Brise, grün umrankter Gartenzaun …

Am liebsten hätten sie Anlauf genommen und wären ins Bild gesprungen, um Teil dieses heiter-ungezwungenen Sommertableaus zu werden und nicht wieder hinaus in den New Yorker Regen zu müssen. Da das natürlich nicht ging, begnügten sie sich damit, auf der Bank vor dem Bild Platz zu nehmen und zu schauen und zu schauen und zu schauen. Irgendwann kam die Aufsicht und wies höflich darauf hin, dass die Anderen auch mal wollten …

Die Wendige

Als das Geld noch vom Osten floss, stand sie in der ersten Reihe, um den korrekten Klassenstandpunkt in den Hörsälen und Seminarräumen zu betonen. Sie tat das hartnäckig und selbstgewiss, aber immer höflich, sodass man sie gewähren ließ. Hinter ihrem Rücken tuschelte man allerdings, sie verkörpere die dümmste Variante linken Denkens.

Der Spott schlug in Verachtung um, als sie öffentlich betonte, sie müsse einmal im Jahr für mindestens drei Wochen hinter den Zaun, um sich innerlich aufzufrischen. Das ging dann nicht mehr, als die preußische Variante des Sozialismus kläglich zusammenbrach, weil dessen Bürger vor den Zaun respektive gar keinen mehr wollten.

Da wurde es eine Weile still um sie, bis sie sich mit einer Werbeagentur wieder hervortat, um den Misthaufen zu parfümieren, denn sie vorher als kapitalistischen gebrandmarkt hatte. Sie tat das hartnäckig und selbstgewiss, aber immer höflich, sodass man ihr Aufträge gab. Hinter ihrem Rücken tuschelte man allerdings, ob sie Spiegel meide.

Doppelbiss

Bei der jüngsten Mitgliederversammlung des Vereins der Hundehasser in Bad Bellheim hielt der 1. Vorsitzende Peter Katz eine bissige Rede:

Liebe Hundehasser, liebe Hundehasserinnen,

vorab ein klärendes Wort mit Blick auf die Öffentlichkeit. Wir haben absolut nichts gegen Funktionshunde bei Polizei, Zoll, Bergwacht und Technischem Hilfswerk. Respekt zollen wir auch dem Blindenhund. Unsere ganze Verachtung gilt vielmehr dem Canis familiaris, dem gemeinen Haushund. Was wäre schlimm daran, wenn es den nicht gäbe? Nichts! Im Grunde genommen ist er zu nichts nütze. Er legt keine Eier, gibt keine Milch, und essen darf man ihn auch nicht. Bellen, Schwanzwedeln und Stöckchenholen ist nicht das, was die Menschheit braucht, sondern kropfüberflüssig. *(Starker Beifall)*

Wege und Stege glänzten in nie gekannter Sauberkeit, wenn Kläffers rektale Hinterlassenschaften nicht existierten. Man betrachte einmal in aller Ruhe die Physiognomie des Hundes während des Aktes der Erleichterung. Schlichtweg dämlich! So eine niedere Kreatur, der jegliche Intimsphäre fremd ist, kann ja nur Ekliges absondern. Und sowas nennt sich Freund des Menschen. Das verstehe einer. In einer köterlosen Welt könnte auch der Spaziergänger angstfrei die Natur genießen statt zusammenzuzucken, wenn urplötzlich ein fletschendes Gebiss fast an der Kehle hängt, liebevoll untermalt von Herrchens Besänftigung, „Arko" wolle nur spielen, oder wenn das Hosenbein flugs zur Hundedame mutiert, weil ein vierbeiniger Sexualclown Amore üben möchte. Völlig unerheblich, dass Frauchens Versicherung die Reinigung bezahlt. *(Sehr starker Beifall)*

In einer köterfreien Zone könnten Briefträger unbeschwert ihrer Arbeit nachgehen, ohne befürchten zu müssen, dass hinter einer Hecke ein bellender Hohlkopf jäh hervorbricht und volle Beißkraft voraus die linke oder rechte Wade anvisiert. Zupacken kann er, aber seine Steuermarke lesen kann er nicht, da zu blöde. Kleinkindern, denen kein Hund mehr unverhofft ins Wägelchen lugt und mit sabbernder Zunge die Wangen nässt, bliebe eine frühe Psychose vom bösen Wolf erspart und sie hätten die Chance auf eine nichtverbellte Kindheit in einer sanften Welt. Wäre das nicht wunderbar? *(Stürmischer Beifall)*

Und was machen wir mit den unverbesserlichen Hundenarren, denen die Liebe zu Hasso & Co. über alles geht? Hier sei die floh- und folgekostenfreie Plüschvariante empfohlen, bei der sich hygienisch einwandfrei jeglicher Anfall von Sentimentalität ausleben lässt. Nehmen wir uns ein Beispiel am Teddybären. Den gibt es zum Glück nur aus Stoff – und das ist bestimmt kein Fehler! *(Standing Ovations)*

Am Ende dieses Vortrags ereignete sich leider ein unschöner Zwischenfall. Ein als Hundefeind getarnter Hundefreund stürmte mit lautem Gebell nach vorne und biss Peter Katz in den linken Oberarm.

Droben stehet ...

Ein freundlicher Rückenwind trieb sie sanft den Kapellenberg hinauf an jenem Bilderbuchsonntag Mitte März. Ab und zu musste sie dennoch anhalten und verschnaufen. Die Zeiten des Durchlaufens waren vorbei. Oben angekommen, war die natürliche Melancholie des Ortes dahin, denn ein Pulk Sonnenanbeter in Sportkleidung hatte sich auf dem Friedhof breitgemacht und pfiff auf die Pietät. Vor dem Eingang standen Mountainbikes.

Ihr bot sich ein verstörender Anblick. Rucksackbewehrt und rübenkauend lümmelten sie sich auf den Stufen zum Kapelleninneren und streckten Aug' in Aug' mit den Grabsteinen die nackten Bäuche der Sonne entgegen. Andere hatten die Bänke besetzt und zeigten ob der Vorfrühlingsstrahlen ungeniert Arm und Bein. Der Kapellenhof ward zur Sonnenterrasse umfunktioniert, es fehlten nur noch die Liegestühle und die Cocktailbar für die Happy Hour auf dem Gottesacker.

Einer rief ihr zu: „Was gibt's da zu glotzen, Alte!" Es klang nach angedrohtem Totschlag. Notgedrungen spielte sie mit: „Ziemlich easy heute hier oben!" Gelächter! Jetzt unbehelligt, gelangte sie zur Westmauer und meinte in der Ferne die Anhöhen des Schwarzwalds zu erkennen. Links die Albkette. Rechts das Gäu. Direkt darunter neuere Gräber. Sie schloss die Augen, da die Sonne blendete.

Der Nebenausgang war an diesem Sonntag nicht abgeschlossen. So musste sie nicht denselben Weg zurückgehen, um wieder nach draußen zu gelangen. Das sei ihr heute lieber, sagte sie sich.

Eignungstest

Regula nahm die Kurven ausgesprochen schnittig. Der Mini-Cooper peste flink wie ein Wiesel die Serpentinen hinauf, „Rock me, rock me, rock me, baby" tönte es aus dem Autoradio, und der Rhythmus und das Spiel mit dem Gaspedal harmonierten wunderbar miteinander. Oben angekommen, zog Regula eine großzügige Schleife, der Lichtkegel vollführte einen kurzen Veitstanz auf dem gefährlich näher kommenden Sockel eines Wasserturms, und sie parkte den Flitzer so, dass durch die Windschutzscheibe die Lichter der nächtlichen Stadt zu sehen waren. Viktor, der neben ihr saß, verspürte eine gewisse Übelkeit.

Auf dem Hausberg war es zu dieser Stunde fast menschenleer, die nächsten Zweisamkeit Suchenden standen hundert Meter weiter. Regula stellte die Musik ab und schaltete die Innenbeleuchtung an. Das irritierte Viktor. Ob denn das nötig sei, wollte er wissen. Statt zu antworten fingerte sie einen Zettel aus der Ablage, hielt ihn ins Licht und begann vorzulesen: „Wenn man doch ein Indianer wäre, gleich bereit, und auf dem rennenden Pferde, schief in der Luft, immer wieder kurz erzitterte über dem zitternden Boden, bis man die Sporen ließ, denn es gab keine Sporen, bis man die Zügel wegwarf, denn es gab keine Zügel, und kaum das Land vor sich als glatt gemähte Heide sah, schon ohne Pferdehals und Pferdekopf."

Kaum war sie fertig, holte sie tief Luft, um dann pfeilschnell zu fragen, wer das bitte schön verfasst habe. Auf Viktors Einwand, ob das hier ein Rendezvous oder ein Literaturquiz sei, entgegnete sie forsch, wenn er nicht mittue, sei das nicht einmal ein Rendezvous. Es gelte herauszufinden, ob sie nicht ständig davor Angst haben müsse, dass ihr potenzieller Lover den Mund aufmache, vor allem im Kreis ihrer akademisch geprägten Familie. Ein Eignungstest, fuhr es Viktor durch den Kopf! Regula sei ja Professorentochter!

Zugleich fühlte er sich geschmeichelt, da er offensichtlich in die engere Wahl gekommen sei und nun das Vorstellungsgespräch folge. Aber dieser rätselhafte Text! In Viktor arbeitete es heftig. Zu seinem Pech kam die Eule der Minerva nicht angeflogen, setzte sich nicht auf die Motorhaube, flatterte nicht heftig mit den Flügeln und löste nicht das befreiende Erkenntnisgewitter aus. Regula trommelte ungeduldig mit den Fingern ans Seitenfenster. „Und…?!" – „Indianer, Pferd, Heide=Prärie…" Eine Jugendschublade tat sich plötzlich auf, und Viktor sprudelte los: „James Fenimore Cooper – Der letzte Mohikaner"!

Regula drehte sich zu Viktor, öffnete die Beifahrertür und sagte „tschüs!" Für diese Antwort dürfe er zu Fuß zurückmarschieren. Viktor stieg aus, trottete traurig durch die Nacht und versuchte sich mit dem Gedanken zu trösten, dass Professorentöchter, zumal wenn sie als Einzelkinder daherkämen, wohl zu kompliziert für ihn seien. Ihm bleibe ja noch die Physik als etwas Berechenbares, und irgendwann komme die passende Physikerin dazu. Regula blieb sitzen, rauchte die erste, die zweite und die dritte Zigarette, und fragte sich dann, ob sie vielleicht wie Kafka Bindungsängste habe, weil sie ständig Kandidaten durchfallen lasse.

Einkaufen oder Ich-Blues

Wo ist mein Parkplatz? Alles dicht, alles zu, alles voll! Warum müssen alle in den Supermarkt, wenn ich in den Supermarkt will? Also Ehrenrunde drehen! Warum fährt denn keiner raus, wenn ich reinfahren möchte? Kleben die am Asphalt fest? Wollen die hier übernachten? Das geht doch nicht! Das fängt ja gut an! Ah, da kriecht, da stottert, da schleicht einer rückwärts. Meine Güte, das dauert! Zeitlupe pur! Mann, mach endlich!

Wo sind die Einkaufwagen? Weshalb ist da keiner, wenn ich ihn brauche? Die haben da zu stehen, weil ich es bin! Aber sie tun es nicht! Warum nicht! „Könnte ich Ihren Wagen...? Ach so, Sie müssen erst ausladen..." Mein Gott, warum lädt die so langsam aus, wenn ich direkt danebenstehe? Ich wär' da zehnmal schneller! Wieso fängt bei mir jetzt das Rädchen vorne links an zu drehen, wo es bei der Anderen nicht gedreht hat? Das will ich nicht!

Wo ist der Würfelzucker? Letztes Mal war er genau an dieser Stelle, und jetzt stieren mich Schokoriegel an. Was soll das? Hat mich jemand um Erlaubnis gefragt? Da hat man seinen Lauf, fährt seine Greifer aus, und plötzlich stimmt das System nicht mehr, weil irgendjemand sich angemaßt hat, den Würfelzucker durch Schokoriegel auszutauschen. Jetzt muss ich suchen, und das nervt mich, weil ich doch gar nicht suchen will!

Weshalb muss der Typ jetzt in der Tiefkühltruhe wühlen, wenn ich hier auch wühlen will? Der stört – und nimmt mir den letzten Brokkoli weg. Das ist meiner! Warum isst der nicht Rosenkohl? Was mach' ich jetzt, wo ich doch auf Brokkoli fixiert bin und jetzt keinen mehr bekomme? Soll ich

Kohlrabi nehmen, weil der auch mit „i" aufhört, oder vielleicht doch Rosenkohl, weil der auch grün ist? Mein Herz klopft!

Weshalb sind nicht alle Kassen geöffnet? Bei den offenen stehen die Leute schon Schlange, aber ich mag keine Schlangen und vor Kassen schon gar nicht. Weiß das keiner? Ich könnte auf meinem Smartphone herumwischen, um nicht bloß herumzustehen und zu warten, bis es vorwärtsgeht, aber ich hab' das Ding im Handschuhfach deponiert, falls ich unterwegs liegen bleibe. Und jetzt steh' ich hier!

Weshalb dreht nun auch das vordere rechte Rädchen des Einkaufswagens hohl? Das will ich doch auch nicht! Wieso wird das Zeug nicht ordentlich gewartet? Wer hat sich heute Morgen mit wem zusammengesetzt, um mich heute Abend beim Einkaufen zu ärgern? Und warum? Ich bin doch nicht auf der Welt, damit sich diese gegen mich verschwören kann! Ich bin auf der Welt, damit ich ich sein kann!

Esoterischer Rappel

Plötzlich fühlt sich Immanuel mutterseelenallein, denn niemand um ihn herum will noch vernünftig sein. Britta schwört auf Tigerblut, gezapft in Bangladesch. Morgens fünf Tropfen auf nüchternen Magen, vorher stark geschüttelt, und ihr Ich durchschreite die Pforte vom Zivilisiert- zum Wildsein. Dieser innere Marsch durch den fernöstlichen Dschungel erfülle sie mit wahnsinnigen Glücksgefühlen. Ganzheitlich!

Ernst-August buddelt gerade ein größeres Loch in seinen naturbelassenen Garten und wartet auf Vollmond. Dann werde er sich, nur mit einem Lendenschurz bekleidet – und das wegen der ekligen Regenwürmer, in germanischer Hockerstellung hineinkauern, um auf diese Weise am kosmischen Dialog zwischen Vater Mond und Mutter Erde teilzuhaben. Versuchsweise!

Laura trägt neuerdings einen magischen, ein Kilogramm schweren Stein in ihrem Rucksack spazieren, vom Oberdruiden in Stonehenge höchstselbst erstanden. Der absorbiere alle positiven Strahlen, die tagsüber so herumschwirrten, und gebe sie des Nachts wieder ab. Lege sie diesen Quasiakku unter ihr Kopfkissen, bekomme sie nie wieder Migräne. Hundertprozentig!

Max hat gerade Krach mit seiner Stammbäckerei. Jüngst verlangte er nämlich ein Milchbrötchen, exakt bei Sonnenaufgang in die Röhre geschoben und zuvor auf einem Bein stehend geformt. Wegen der Reinheit der Materie. Die Bäckereifachverkäuferin bekam einen Hustenanfall und drohte danach mit 110, falls er nicht sofort aufhöre zu spinnen. Definitiv!

Kalt könne es werden auf der Welt ohne aufgeklärte Freunde, denkt Immanuel. Denn wenn die ihren grauen Sack im Kopf weiter auffüllten, bekomme er eine Gänsehaut. Alles, was bleibe, sei der Glaube an die Kraft der Vernunft, die mit ihrem scharfen Messer imstande sei, Müllsäcke in der Birne aufzuschlitzen, damit deren Inhalt auf rektalem Wege entsorgt werden könne. Hoffentlich!

Experiment

Nur eine ist anders an diesem Sommertag. Während die einen im Meer schwimmen, schnorcheln, spritzen, prusten, auf Luftmatratzen sich um die eigene Achse drehen, bunte Bälle sich zuwerfen, lachen, kreischen, johlen, steht sie mit dem Rücken zum Strand, an dem es genauso lebhaft zugeht, bis zur Hüfte im Wasser. Das glatte, blonde Haar ist zu einem Pferdeschwanz zusammengebunden, sie trägt zum Schutz vor der Sonne ein T-Shirt und einen Hut, scheint mit beiden Händen ein Buch zu halten und zu lesen – anscheinend in sich ruhend und vom quirligen Drumherum völlig unberührt.

Warum liest sie nicht im Strandkorb, wie er es tut und wie viele es tun, fragt er sich. Will sie auffallen, bewusst anders sein, oder ist sie im Lektürefieber, das gekühlt werden muss? Was liest sie überhaupt, und wie sieht sie eigentlich von vorne aus? Zu viele Fragen, die, von einer hartnäckigen Neugier angestachelt, nach Antworten verlangen. Er will das jetzt wissen, obwohl er es gar nicht wissen müsste. Wozu denn auch? Aber so weit denkt er nicht.

Also wechselt er vom Sitzen ins Stehen, scharrt zunächst mit den Zehen im Sand und schreitet dann gemächlich – bloß nicht auffallen! – zur Wasserlinie, begibt sich noch gemächlicher ins flache Wasser, bleibt stehen, benetzt erst den linken Arm, dann den rechten, danach den Brustkorb, gleitet schwimmend in die Horizontale und umkurvt in unverdächtigem Abstand, aber nahe genug, um das zu sehen, was er sehen möchte, die im Meer Lesende. Ihr Gesicht ist wegen der großen dunklen Sonnenbrille schlecht zu erkennen, dafür aber umso besser die Wörter auf dem Buchdeckel, der in

Wahrheit ein Schild ist: „NeuGIER macht NASS!" steht da und darunter, etwas kleiner geschrieben, aber noch gut lesbar: „Universität Greifswald".

Er schwimmt erschrocken weiter hinaus, um sich auf einer künstlich angelegten Badeinsel in Sicherheit zu bringen. Dort erwarten ihn schon zwei Psychologiestudentinnen für ein Interview.

Frage vor der „Nachtwache"

Nach der Besichtigung des Anne-Frank-Hauses dann das Rijksmuseum. Vor Rembrandts Bild „Die Schützenkompanie des Hauptmanns Frans Banning Cock und des Leutnants Willem van Ruytenburch beim Aufbruch" fragte unvermittelt ein Schüler, ob der SS-Oberscharführer Karl Josef Silberbauer, der Anne habe verhaften lassen, ein besserer, also schlimmerer oder ein schlechterer, also milderer Nazi gewesen sei. Der Lehrer dachte, welch gefährliche Frage, und überlegte lange. Einer, der beim Völkermord mitmache, sei ein Verbrecher, und da gebe es keine besseren oder schlechteren, keine schlimmeren oder milderen Täter, sondern bloß Vernichtungswillige, so die Antwort, und die seien grundsätzlich böse.

Grammatik 2000

An dem Tag, an dem sein Inserat erschien, klingelte bei Kurt K. vormittags ständig das Telefon, und erregte Frauenstimmen beschimpften ihn als „bösen alten Mann", „Lustopa" und „Perversling i. R.". Er verstand die Welt nicht mehr.

Die junge Dame am Telefon, bei der er die Anzeige aufgegeben hatte, hatte keinerlei Anstoß genommen und den Text notiert: „Vereint dinieren, getrennt schlafen. Akademiker i. R. (72) sucht angemessene Begleiterin für Mallorca-Urlaub im Mai." Zum Schluss seine Festnetznummer. Danach hatte die Mitarbeiterin zur Kontrolle das Ganze noch einmal langsam vorgelesen, seine Kontodaten erfragt und sich dann höflich bedankt.

Und nun dieses weibliche Gewitter. Für Kurt K., wie gesagt, völlig unverständlich. Freilich konnte er nicht ahnen und schon gar nicht wissen, weil er die Mittwochsausgabe noch nicht aufgeschlagen hatte, dass da Folgendes dick eingerahmt stand: „Vereint die Nieren, getrennt schlafen. Akademiker i. R. (72) sucht ..."

Hetzjäger

Um 8 Uhr erhielten alle die Mail, sie mögen sich doch im Laufe des Vormittags zu einem kleinen Umtrunk inklusive Imbiss im Gang vor dem Sekretariat einfinden. Er, der Direktor, habe heute Geburtstag. Alle gehorchten sofort – bis auf eine. Deren Geburtstag hatte der Direktor vor drei Wochen ignoriert.

Als sie um 10 Uhr immer noch nicht gratuliert hatte, begann er sie zu hetzen, denn er hieß Jäger und benahm sich wie einer. In einer zweiten Mail schrieb er ihr, sie komme doch noch – oder? Sie dachte gar nicht daran.

Um 11 Uhr kam die dritte Mail, ob sie sich nicht umgehend einfinden wolle? Er warne sie, denn dies sei bis jetzt der kleine Bauchpinsel gewesen, es gebe auch einen großen! Sie blieb standhaft.

Um 12 Uhr dann die vierte Mail. Sie habe ihm bis 12.15 Uhr die Hand zu schütteln. Ein Weigern betrachte er als provokante Unhöflichkeit. Sie schrieb ihm zurück, ein Jäger müsse sich daran gewöhnen, dass ihm die Beute ab und zu entwische.

Um 12.30 Uhr signalisierte ihr PC dann den Eingang der fünften Mail. Sie habe sich bisher in einer Oase bewegt. Das werde sich ab morgen grundlegend ändern.

Sie wusste, dass sie gehen müsse, betrachtete es aber als Beförderung von Glück, keinen Jäger mehr im Nacken zu haben.

Heu, Knochen und ein Baum

Nach der Kaffeetafel und vor dem Abendessen fragte sie ihn unvermittelt, ob er mit ihr um den See laufe, um sich gemeinsam die Füße zu vertreten. Das Angebot erstaunte ihn, denn während ihrer Schulzeit hatten sie kaum miteinander zu tun. Sie saß vorne rechts und war strebsam und brillant, er saß hinten links und war lässig und doch ganz gut. Sie wohnte „Im schönen Weg", er in der „Graudenzer Straße", ihr Vater fuhr „Opel Senator", seiner „Opel Kadett", ihre Eltern machten Urlaub am Comer See, seine am Bodensee, sie ging in die private Geigen- und Ballettstunde, er zum E-Gitarren-Kurs in die Volkshochschule und die Stadtbibliothek, um sich dort „Berlin Alexanderplatz" zu leihen, während sie im elterlichen Bücherschrank den „Zauberberg" hervorzog.

Während des Spaziergangs hakte sie sich plötzlich unter und er ließ es geschehen – als Zeichen innerer Verbundenheit, denn sie waren beim Silbernen Abitur die Einzigen, die weder Kinder hatten noch verheiratet waren. Er fühle sich beim Klassentreffen wie ein Single im Familienhotel auf Menorca, bemerkte er sarkastisch, und sie ergänzte nicht minder spöttisch: „und das unter lauter leitenden Angestellten". Sie grinsten einvernehmlich.

Aber, sagte sie beim Weiterlaufen, das sei nicht der eigentliche Grund für diesen Rundgang, sie müsse vielmehr etwas loswerden aus ihrer Schulzeit, was nicht in Ordnung gewesen sei und ihn betreffe. Er schaute sie irritiert an. Es gehe um die kleinen giftigen Zettel, die sie klammheimlich in sein Füllermäppchen gesteckt habe und auf denen hingekritzelt gewesen sei: „Du solltest mal wieder zum Friseur gehen!" und „Stören dich die Trauerränder unter deinen Fingernägeln nicht?" und „Musst du ständig in der Nase bohren?" und „So langsam gehört deine Jeans in die Waschmaschine!" Sie bedaure das längst und möchte sich im Nachhinein entschuldigen.

Er lächelte versonnen und entgegnete, dass das Vermitteln bürgerlicher Hygienetugenden an sich nützlich und der Impuls zu seiner Entferkelung löblich gewesen sei. Außerdem stand beim letzten Zettel „Belohnung folgt!" noch drauf, und eine Woche später fand sich tatsächlich eine Konzertkarte für die Württembergische Philharmonie in seinem Füllermäppchen. Folglich gebe es da nichts zu entschuldigen, vielmehr müsse er sich entschuldigen, diese Einladung nicht angenommen zu haben, weil er damals auf Rock und partout nicht auf Klassik gestanden und vor Terra incognita auch ein bisschen Angst gehabt habe. Er habe ja nicht wissen können, wer dahinterstecke.

Sie hielt beim Laufen inne und kickte einen Kieselstein ins Wasser, fuhr sich durch die Mähne, zog die Unterlippe nach innen, gab sie wieder frei, blinzelte in die Sonne und schwieg. Immerhin, nahm er das Gespräch wieder auf, hätten sie es nach einem Vierteljahrhundert doch noch geschafft, gemeinsam einen See zu umrunden – sie, die Unternehmerin, und er, der Philosoph. Zwar fresse der Hund in der Regel kein Heu und das Pferd keine Knochen, doch das hindre sie nicht daran, zusammen um einen Baum zu tanzen. Als er ihr das sagte, hat sie laut gelacht.

Hier oder dort?

Hier greifen sie in ihrer Freizeit zum Hammer, dort zum Buch. Hier fahren sie mit dem Rasenmäher über die Wiesenblumen, dort schnuppern sie an ihnen. Hier läuft zum Vesper Volksmusik, dort hören sie Klassik zum Diner.

Aber hier ist es des Nachts mucksmäuschenstill, dort rücken sie Möbel. Aber hier wird man als Neubürger freundlich gegrüßt, dort nimmt man einen nicht wahr. Aber hier ist das Wir alles und das Ich nichts, dort ist es umgekehrt.

Als sie ihn fragten, wo er denn leben möchte, hier oder dort, antwortete er: „schwierig!"

Hohlstunde oder Iphigenie

Hinter dem Gymnasium liegt der Stadtpark. Der Deutschlehrer nutzt die Hohlstunde, um eine geeignete Stelle zu finden, die den *Hain vor Dianens Tempel* abgeben könnte. Goethe, denkt der Lehrer, habe sein Schauspiel *verteufelt human* genannt und es möge unsere Modernität beschämen, die nach wie vor von der Barbarei nicht lassen könne. Es von der Theater AG in einer milden Sommernacht zu spielen sei beinahe eine sittliche Pflicht, falls die Schüler/innen diese Ansicht teilten. Also Vorhang auf:

Denn ach mich trennt das Meer von den Geliebten, lamentiert Iphigenie. Dabei hat sie's bei allem Unglück nicht so schlecht getroffen, wie Arkas bemerkt: *Und dieses Ufer ward dir hold und freundlich.* Und schon kommt Thoas, König der Taurier, auf Freiersfüßen daher: *ich hoffe dich (...) als Braut in meine Wohnung einzuführen.* Doch die Priesterin hat Heimweh: *O sendetest du mich auf Schiffen hin!* Der Konflikt bahnt sich an, zumal Orest, das Bruderherz, samt Freund Pylades anlanden.

Zu dritt wird ausgeheckt, Thoas zu bestehlen und sich dann aus dem Staub zu machen. Doch Iphigenie bekommt Gewissensbisse: *Die Sorge nenn' ich edel, die mich warnt,/ Den König, der mein zweyter Vater ward,/ Nicht tückisch zu betrügen, zu berauben.* Sie gesteht Thoas alles und hofft auf generöse Nachsicht, sprich: er soll sie alle laufen lassen, da die Dinge sind, wie sie sind wegen der launischen Götter. Tatsächlich bleibt die Hand vom Schwert, und es wird eifrig debattiert. Diplomatie statt Drescherei! Zum Schluss sagt Thoas, der moralische Sieger, dann tatsächlich: *Lebt wohl!*

Den zweiten und vierten Aufzug, sinniert der Lehrer, könnte eine Sprecherin zusammenfassen, dann wäre das Ganze rank und schlank. Am Nachmittag betritt er das Klassenzimmer, um seinen Vorschlag einzubringen, aber außer ihm ist niemand da. An der Tafel steht: „Sorry, Flashmob! Ihre Theater AG". Er tritt ans Fenster und schaut auf den verwaisten Stadtpark. Es sei wohl langsam Zeit aufzuhören, denkt der Deutschlehrer, denn die Dinge liefen, wie sie liefen, und da komme er nicht mehr mit.

Hüter

Zu definieren war der Begriff „Quorum". Nachdem bei acht Arbeiten als Lösung gestanden hatte „Anteil, der bei Aufteilung eines Ganzen auf eine Einheit entfällt", sammelte der Lehrer das nächste Mal alle Smartphones ein. Das missfiel.

Auch bestand er darauf, dass die Pflichtlektüre gelesen und nicht bloß gegoogelt werde. Um dies zu überprüfen, opferte er einen Sonntagnachmittag und erarbeitete den Test selbst. Davon gab es natürlich keine Lösung im Internet, da es diesen Test dort nicht zu finden gab. Die Schüler fanden das gemein.

Über den Vorschlag einer Schülerin, mindestens eine Vier zu garantieren, wenn man wenigstens zum Unterricht erscheine, schüttelte der Lehrer den Kopf. Das sei dann doch zu billig, wenn man zugleich in Mathematik, wie ihm zu Ohren gekommen sei, das Plus- mit dem Mal-Zeichen verwechsle.

Beim Elternabend wurde dem Lehrer vorgeworfen, er tue nicht alles, damit die Schüler die nächste Klassenstufe erreichten. Seiner Argumentation, es gehe nicht an, die erkenntnisleitende Frage „Wie bekomme ich es hin?" durch die geistlose „Wo bekomme ich es her?" zu ersetzen, wollten die Eltern nicht folgen.

Ja, damals schon!

Nachtzug um 0.11 Uhr von Stuttgart nach Ostende. Jeweils Abteile mit sechs Betten, drei links, drei rechts übereinander. Bahnhof Köln: Die Mädchen schlafen schon. Bahnhof Brüssel: Die Jungen sind immer noch aufgekratzt. Schüleraustausch 1971. Dann die Fähre nach Dover und von dort mit Sonderbussen nach Chester.

Glück mit der Gastfamilie. Bürgerlich-liberales Milieu. Vater Ingenieur, Mutter Teilzeitredakteurin, beide kommunalpolitisch engagiert. Haus mit großem Garten in einem Vorort. Beinahe wie zuhause und doch nicht ganz. Sohn Christopher, der Austauschpartner, offen und unkompliziert. Auch 16. Möchte Agraringenieur werden. Selbst noch keine Ahnung.

Zwei Tage später dann der obligatorische Schulbesuch. In der großen Pause stürzen sich aus dem Nachbargebäude kommend die English Girls mit ihren Poesiealben auf die German Boys. „What's your name?" Keine Bewegung in die Gegenrichtung. Die German Girls schmollen.

Zu Ostern Bonfire im Garten. Auch die Nachbarstochter ist eingeladen. Schnappschuss: Rebecca auf der Schaukel. Fröhlich und unbeschwert. Möchte Pilotin werden. Ein Lager zu viel und plötzlicher Kuss auf die linke, dann die rechte Wange des German. Mehr nicht, doch unvergessen, da völlig neu.

21 Jahre später Flug von Stuttgart nach Manchester. Mit dem Mietwagen dann weiter bis Chester. Großes Hello und viel zu erzählen. Christopher arbeitet mittlerweile bei der FAO. Immer noch ledig, da viel unterwegs: Bhutan, Ghana,

Ecuador … Und selbst? Pilot bei Lufthansa Cargo. Asien, Afrika, Amerika. Keine Zeit für eine Ehe.

Irgendwann die Frage nach Rebecca, da unvergessen. Leider abgestürzt. Alkohol und Tabletten, weil Berufswunsch nicht geklappt habe. Sei vor elf Jahren im Cottage ihrer Eltern aufgefunden worden. Kein Abschiedsbrief. Betroffenheit, dann Erstaunen. Sie habe doch damals so fröhlich und unbeschwert auf der Schaukel gesessen. Ja, damals schon!

Kalte Nacht

Zur Stunde des Wolfs waren sie an der Reihe und marschierten los. Die Nacht war klar und kalt, unter den Knobelbechern knirschte der Harsch, und über den Pelzmützen bogen sich aufdringlich die Lampen, um den Rundweg grell-orange auszuleuchten und die Wacheschiebenden als Zielscheibe zu empfehlen, hätte je einer anlegen wollen. Auf der Innenseite lagen die leeren Munitionsbunker, stahltürbewehrte Grashügel in der Form von Keltengräbern, auf der Außenseite der drei Meter hohe Maschendrahtzaun mit Stachelkrone.

Sie verdankten den Kontrollgang in diesen frühen Stunden eines 25. Dezembers dem Major, da sie gewagt hatten, ihm zu widersprechen. Der hatte über den enttarnten Spion im Kanzleramt vor der Kompanie gesagt, jener könne sich glücklich schätzen, ihm, dem Major, nicht in die Hände gefallen zu sein, da er, der Spion, sonst winseln würde, sich umbringen zu dürfen. Sie, die Wehrpflichtigen, hatten aber eingewandt, in der Demokratie werde nicht gefoltert, worauf der Major gelächelt und „Ach, schon wieder unsere Abiturienten" gelästert hatte.

Nach der ersten Runde entfernten sie die vollen Magazine und steckten sie jeweils in die rechte Beintasche. Das war zwar verboten, doch es erschien ihnen völlig absurd, etwas Leeres mit scharfen Waffen „vor den Russen zu schützen", wie der Major immer wieder betonte. Dass in den Bunkern nichts drin sei, hatte ihnen der ebenfalls in Ungnade gefallene Hauptfeldwebel gesteckt, bevor er sich mit einer Flasche Whiskey in den Rausch verabschiedete. Die ganze

Anlage im hintersten Winkel der Münsinger Alb diene mittlerweile der Disziplinierung und der Machtdemonstration. Psychologisches Theater eben! Also retteten sie sich in dieser kalten sinnlosen Nacht in die Komödie.

Kiener, der am liebsten Violine spielte und Tschaikowsky schätzte, nestelte an seiner linken Beintasche, zog ein Nussknacker-Männchen hervor und stellte es an einer besonders hellen Stelle auf den Weg. Beck, der gerne Dostojewski las, steckte ihm eine rot umhüllte Schokokugel ins hölzerne Maul. Jedes Mal, wenn sie die Stelle passierten, wieherten sie: „Gefreiter Nuss – weiter schön abschrecken!" Nach der fünften oder sechsten Runde war das Männchen samt Kugel plötzlich weg – und sie schlugen Haken wie die Hasen.

Leviathan

Sie versuchte es einmal mehr. Eigentlich versuchte sie es immer – und bei allen. Nun war er wieder an der Reihe. Sie wartete, bis sich das Klassenzimmer geleert hatte, dann schoss sie nach vorne, wo er mit dem Tagebuch zugange war. Sie sei mit ihrer Aufsatznote nicht einverstanden, fuhr sie ihn an. Das sei unerheblich, konterte er, entscheidend sei, dass er einverstanden sei, und das sei er absolut – siehe untenstehende Begründung. Sie hieß ihn einen „Leviathan", er sie eine „Daueramazone" und ermahnte sie, ihre Energie dafür zu nutzen, dieses Mal pünktlich zur Ballettstunde zu erscheinen. Woher er das wisse, dass sie sich das letzte Mal verspätet habe? Das könne er gar nicht wissen! Der Leviathan wisse alles, meinte er lapidar, ließ sie stehen, begab sich ins Lehrerzimmer, schmiss sich in seinen Stuhl und pfiff durch die Zähne. Sie erwischte gerade noch ihren Bus und rätselte die ganze Fahrt über, wer ihm ihr Zuspätkommen letzte Woche gesteckt haben könnte. Die Aufsatznote interessierte nicht mehr.

Mit Geßler

Das Hotel lag direkt am See, und Vater und Tochter waren mit ihren Zimmern hochzufrieden: nebeneinander im vierten Stock, jeweils mit Balkon und Blick aufs österreichische und schweizerische Ufer. Auch die Liegewiese gefiel, und an der Stelle, wo eine Leiter ins blaue Nass führte, stand auf einem Schild zu lesen: „Es lächelt der See, er ladet zum Bade…", und die Tochter schrie es neckisch an: „Aber bitte ohne Hermann Geßler!" Es sollte nicht sein.

Der trat in moderner Form auf als herablassender Kellner, selbstverständlich mit österreichischem Akzent, und fragte beim Aufnehmen des Abendessens auf der Terrasse, was der „Milchzahn" denn trinken möchte: „ainen A-Saft oder ainen O-Saft oder glaich aine Colaaa?" Die coole Antwort: „weder – noch! Bringen Sie mir aine Armbrust samt Pfail, damit ich Sie umnieten kaaan!"

Der Vater, bei dieser coolen Tochter in der Deeskalation geübt, ergänzte sogleich, alternativ sei auch möglich, dass seine charmante Kollegin diesen Tisch übernehme. Um des lieben Friedens willen! Da der Kellner nicht dumm war, schickte er sogleich die Kellnerin, Typ Miss Bodensee. Die gefiel dem Vater außerordentlich, der Tochter weniger, die noch lange maulte, Armbrust samt Pfeil wäre ihr lieber gewesen.

Naturgegeben

Königinnen, denkt Mank, erteilen Weisungen, unterliegen aber keinen, folglich sind Weinköniginnen keine Königinnen, sondern Zofen, weil ihnen ja gesagt werde, was zu tun sei zum Wohle des Besonderen. Wenn dann eine von ihnen Ministerin werde, denkt Mank weiter, sei das ein geschickter Schachzug richtungsweisender Kreise, denn wer das Dienen verinnerlicht habe, lasse sich auch dann sagen, was zu tun sei zum Wohle des Besonderen, oft aber auf Kosten des Allgemeinen. Solange das aber als naturgegeben gelte, schlussfolgert Mank, schmecke ihm der Wein nicht.

Nein!

Als Mank an einem Sommertag nichtsahnend durch die Altstadt schlenderte, sprach ihn plötzlich ein Herr mit blauer Krawatte wegen seiner starken Pigmentierung an. Es gebe da eine Wunderpaste namens Alga, welche die Haut gleichmäßig mache, und er hielt Mank eine blaue Tube unter die Nase. Der roch daran und erschrak. Das stinke ja nach Jauche. Anfangs störe das ein wenig, meinte der Herr unbeeindruckt, aber wenn sich das Produkt durchgesetzt habe, stänken alle nach Jauche, ergo stinke keiner. Er nehme die Paste trotzdem nicht, erwiderte Mank, denn ihn störe die Pigmentierung nicht und diese stinke auch nicht. Und er ließ den lästigen Herrn stehen und schlenderte heiter weiter.

Nochmals

Die Anekdote geht so: Als Elisabeth I. (1533-1603) im Hafen von Dover eine Ehrenformation abschritt, entfuhr ihr plötzlich völlig ungewollt mit brachialer Urgewalt ein Ladycracker, sodass die Schiffsmasten bedrohlich wackelten und die Trommelfelle zu reißen drohten. Ein junger Leutnant zur See rettete geistesgegenwärtig diese hochnotpeinliche Situation, indem er sich vor seiner Königin auf den Boden warf und um Verzeihung bat. Dieser selbstlose Einsatz wurde prompt belohnt und der junge Held zum Käpten befördert.

Als man Mank diese Anekdote nahebringt, kritisiert er die herrschaftsfreundliche Moral von der Geschicht' und erzählt sie herrschaftskritisch nochmals: Als Elisabeth I. (1533-1603) im Hafen von Dover eine Ehrenformation abschritt, ging einem jungen Leutnant aufgrund der miserablen Verpflegung absolut voraussehbar eine urgewaltige Blähung ab, sodass die Schiffsmasten bedrohlich wackelten und die Trommelfelle zu reißen drohten. Die Königin fiel vor Schreck ins Hafenbecken.

Nur Lotte

Geschafft hat es schließlich nur Lotte, vielmehr A, welche die Lotte spielte, brüsk und abweisend, in dem Kurzfilm „Werther heute". Alle anderen waren auf dem Weg zum Ziel verlorengegangen, obwohl sie zusammen den besten Projektbeitrag geliefert hatten damals im Mai vor zwei Jahren in der 11. Klasse.

U, der Werther-Darsteller, hoffnungsvoll und dann unglücklich, resignierte nach der 12. Klasse und verließ das Gymnasium. Zu viele Unterkurse. Dasselbe Problem hatte ein halbes Jahr später auch I, der Albert gab, resolut bis aggressiv. Auch er ging. G in der Rolle des Fräuleins von B., lächelnd, aber undurchsichtig, durfte aufgrund zahlreicher unentschuldigter Fehltage nicht mehr in die 13. Klasse, und S, der als Wilhelm innovativ auftrat, aufmunternd und ausgleichend, flog durchs Abitur.

Bleiben noch die Nebenrollen. J, den Grafen von C. aalglatt verkörpernd, und M als Werthers loyaler Bedienter blieben schon in der 11. hängen. Und N, der begnadete Regisseur? Der hatte, obwohl kein schlechter Schüler, nach der 12. plötzlich keinen Bock mehr auf Schule und wollte nur noch Filme drehen.

Am Ende seines kleinen Meisterwerks fällt dann auch der Schuss, die Patronenhülse nähert sich in Zeitlupe dem Boden und daneben sieht man Us Jeansbeine, die einfach nicht umknicken wollen.

Optimierung

Als Heinz M. achtzig wurde, kam ein Glückwunschbrief von seiner privaten Zusatzversicherung, dem ein kleiner, rot eingewickelter Schokoladenzahn beigelegt war. Zwei Wochen später schickte Herr M. die Kopie eines Kostenvoranschlags an die Versicherung. Es ging um eine 5200 Euro teure Implantatbrücke.

Eine Woche später meldete sich die Versicherung telefonisch bei Heinz M. und offerierte ihm freundlich die Optimierung seiner Zahnversorgung als zusätzliches, leider verspätetes Geburtstagsgeschenk. Gegen eine minimale Erhöhung des Monatsbeitrags werde ihm ab sofort die Erhöhung der Tarifleistung von 75 auf sage und schreibe 100 Prozent gewährt. Das sei doch der absolute Hammer! Doch Herr M. lehnte dankend ab.

Wie man denn so dumm sein könne, so ein tolles Geschenk nicht anzunehmen, meinte daraufhin der Anrufer nicht mehr so freundlich. Wie man denn so dumm sein könne, sich einzubilden, dass er auf dieses tumbe Geschwätz hereinfalle, entgegnete Heinz M. entrüstet, wo doch in den ersten vier Versicherungsjahren die Leistung bekanntlich gedeckelt sei und bei seiner aktuellen Zahngeschichte die Optimierung so aussehe, dass ihm dann nicht mehr 3900 Euro, sondern nur noch 250 Euro zustünden. Zwar stehe jeden Tag ein neuer Narr auf, aber er gehöre nicht dazu.

In vier Jahren werde er aber nicht mehr auf 1300 Euro sitzenbleiben, so der Telefondrücker jetzt frech, man müsse schließlich in die optimale Zukunft investieren und am besten schon heute damit anfangen. Von nix komme halt nix.

Die optimale Zukunft, erwiderte Herr M. gelassen, gebe es in seinem Alter nicht, bestenfalls die ungewisse, aber dafür die vernünftige Gegenwart, und die werde er hochhalten. Dann legte Heinz M. auf und ignorierte entspannt das prompte Klingeln.

Prag Winter 1976

Der ältere Herr flüsterte beim Verlassen der Straßenbahn dem Besucher aus dem Westen ins Ohr, im Frühling sei es schöner gewesen. Auf dem Hradschin kam der Reisebus aus der DDR neben dem Reisebus aus der BRD zum Stehen. Die realsozialistischen Türen blieben geschlossen, bis die Klassenfeinde in der Prager Burg verschwunden waren.

Dank des Umtauschs 12 zu 1 schwarz saßen junge und lässig gekleidete Westler im „Pelikan" und aßen gut und billig. Die tadellos gekleideten Parteibonzen samt Anhang speisten dort auch gut, aber teuer und fühlten sich gestört. Im Kulturladen der DDR-Botschaft gab's dann zum Nachtisch schöne und preiswerte Tucholsky- und Dostojewskij-Bände, während Marx, Engels und Lenin links liegen blieben.

Abends in der Altstadt in einer jener Kneipen, wo das Bier besonders dunkel und die warmen Knoblauchbrote absolut kompromisslos sind, dann die Asymmetrie. Ein Westler knauserte mit dem Trinkgeld. Der Kellner hielt kurz inne und gab dem Geizhals dann die Scheine zurück. Er sei eingeladen, denn wenn der Gast zum Kellner unhöflich sei, dann müsse eben der Kellner zum Gast höflich sein.

Die Nacht war klirrend kalt, doch auf dem Rückweg ins Hotel fror niemand, da hitzig diskutiert wurde.

RESISTER

Die Luft riecht nach Meer und Ginster, der Blick durch die Maueröffnung fällt auf die funkelnde Lagune, in der Flamingos stelzen, auf grüne Wiesen mit friedlich weidenden Pferden und Stieren, darüber wölbt sich der blaue wolkenlose Himmel, weiter auf das Stadtmauergeviert, streift belebte Gassen, verharrt dann kurz im Rittersaal, wandert dort das Wandrund entlang und fixiert zu guter Letzt den groben Steinboden. „RESISTER" ist dort, wie es scheint, mühevoll eingeritzt und irritiert den Touristen, da es die Idyllik stört.

Er begibt sich nach unten zur Kasse und bittet um Auskunft. Man drückt ihm ein Faltblatt in die Hand. Er liest und erfährt, dass besagter Rittersaal im 18. Jahrhundert als Staatsgefängnis für Hugenottinnen gedient habe. Eine von ihnen, Marie Durand, habe man sehr jung eingesperrt und erst 38 Jahre später wieder freigelassen. Von ihr stamme höchstwahrscheinlich die Inschrift „RESISTER".

Der Reisende, selbst nicht gläubig, wundert sich, woher Marie die Kraft genommen habe, 38 Jahre in einem Turmverlies auszuharren, ohne zu verzweifeln oder wahnsinnig zu werden oder gar abzuschwören. Stattdessen zu widerstehen trotz der bitteren Zeilen an ihren Vater: „Wir haben keine Vorräte außer etwas grünem Holz. Das Wichtigste, das wir haben, ist ein bisschen Schnee; ohne irgendwelche Hilfe von Menschen."

Der Besucher begibt sich wieder nach oben, wirft nochmals einen Blick auf den dem Stein abgetrotzten ungelenken Schriftzug „RESISTER", tritt dann an die Scharte und wartet, bis die Sonne verblutet.

Reutlingen 1975

Sie kamen am Gartenzaun ins zwanglose Gespräch, der Student, der in den Semesterferien Briefe austrug, und der Schriftsteller, der auf die Siebzig zuging und im Sommer fror. Beide nahmen sich die Zeit, der Jüngere aus Anstand, der Ältere als Ablenkung. Einmal las der Schriftsteller dem Studenten eine kurze Passage aus einem seiner Romane vor: „Die Welt lässt sich ertragen von einem Augenblick an, in dem man den Wahn beseitigt hat, des Morgens müsse das Glück neben der Uhr auf dem Nachttisch liegen." Ob er das unterschreiben könne? Er sei noch zu jung dafür, lautete die Antwort. Die gefiel.

Rote Käfer

An seinem 90. Geburtstag eröffnete der Jubilar den Gratulierenden, er sei selbst erstaunt, so alt geworden zu sein, denn er hätte im Mai 1942 südlich von Charkow mit 22 Jahren schon tot sein können. Er habe damals aber einen sehr aufmerksamen Schutzengel gehabt, als er sich zum Schlafen in sein Zelt habe legen wollen.

Im Schein der Taschenlampe seien ihm am Boden eklige rote Käfer aufgefallen, und er habe seinen Schlafsack nicht über sie ausrollen wollen. Stattdessen habe er es vorgezogen, auf der ummantelten Ladefläche eines Lastwagens zu nächtigen, der etwa 20 Meter weiter weg gestanden habe.

Gegen morgens um sechs hätten Granaten ins Feldlager eingeschlagen und die Scheiben des Lastwagens seien zerborsten. Ihm, dem Schlafenden, sei nichts geschehen, aber beim Erfassen der weiteren Schäden sei an der Stelle, wo zuvor das Zelt gestanden habe, alles verbrannt gewesen.

Als der Enkel, neugierig geworden, den Großvater fragte, was er denn im Mai 1942 südlich von Charkow mit 22 Jahren zu suchen gehabt habe, kam die abrupte Antwort: „Das war ein Befehl!" Und nun möge man endlich die Geburtstagstorte anschneiden, bevor der Kaffee kalt werde.

Schwarzer Zwerg

Die Nachbarn mochte ihn nicht, denn da war ein Garten mit Holundersträuchern, Tomatenstöcken, Tulpen und mittendrin ein Rasenstück samt Fahnenmast, an dem die Nationalflagge hing. Von Frühjahr bis Herbst. Drum herum gab sich ein Ensemble Gartenzwerge die Ehre und, leicht in den Hintergrund gerückt, thronte im Kleinen Schloss Lichtenstein auf einem Findlingsblock.

Der Herr des Ganzen stand da oft, grunzte zufrieden und hatte dabei – so beschworen es Vorbeilaufende übereinstimmend – eine im Schritt ausgebeulte Hose. Folglich bot er Anlass, geärgert zu werden. Die Nachbarn überlegten wie und kamen auf die Idee, ihm einen schwarzen Gartenzwerg unterzujubeln, da black beautiful sei. Dazu wurde zusammengelegt, ein gängiger in der Gartenabteilung des Baumarkts gekauft, dementsprechend bemalt und in einem unbeobachteten Moment dem Krähwinkelidyll hinzugefügt.

Alle waren nun neugierig, wie lange sich der Fremdling dort halten könne. Natürlich hatte man ihm vorher die Daumen gedrückt. Er hielt sich zum Erstaunen aller über eine Sommerwoche. Danach lag er zerbröselt auf dem Gehweg, dahinter war am Gartenzaun ein Kartonstück befestigt, auf dem zu lesen stand: „Zur Demokratie gehört also notwendig erstens Homogenität und zweitens – nötigenfalls – die Ausscheidung oder Vernichtung des Heterogenen." Und darunter: „Carl Schmitt".

Nach etwa einer Stunde war mit einem roten Marker „Demokratie" durchgestrichen und „Diktatur" darübergeschrieben worden, und hinter „Carl Schmitt" stand „= Führerfreund". Am nächsten Tag hing nichts mehr am Zaun, der Gehweg war gefegt und die Flagge eingeholt. Den Nachbarn sah man kaum noch, seine Frau dafür jetzt öfter, die von den Nachbarn gegrüßt wurde.

Schwarzrotgold

Er war von mittlerer Größe, hing an einer Nylonschnur und drehte sich sanft um die eigene Achse. Die Flügel und die Beine waren rot, der Kopf golden und der Korpus schwarz. Frau von Euler war ganz vernarrt in den Bundesadler und strich ständig und sehr unruhig am Schaufenster entlang. Sie musste ihn haben!

Fidik, dem er gehörte und der auf seine alten Tage immer noch seinen kleinen Trödelladen führte, weil er ihn führen wollte, rückte ihn aber nicht heraus, diese „echte deutsche Wertarbeit", wie er bei jeder Gelegenheit tremolierend hervorzuheben wusste. Das bewirkte bloß, dass Frau von Euler ihm den Adler erst recht nicht gönnte und Fidik ihn ihr erst recht nicht verkaufte, egal, was sie bieten sollte. Beide konnte sich nämlich nicht leiden, obwohl beide nach dem Krieg „riebermachen" mussten.

Das lag an ihren unterschiedlichen politischen Biografien. Frau von Euler hatte für Konrad Adenauer gedolmetscht und Fidik Kurt Schumacher chauffiert. Jedenfalls behaupteten das beide steif und fest, und die Leute in der Vertriebenensiedlung glaubten das gerne, weil sie dann nicht glauben mussten, warum sie wirklich im schwäbischen Westen gestrandet waren: aus Vergeltung! Viele hatten nämlich einem Völkermörder zugejubelt.

Kurzum: Der rote Fidik und die schwarze Frau von Euler schnitten sich in der Regel, was dummerweise jetzt nicht mehr ging, denn der eine besaß etwas, was die andere ihm abjagen wollte. So schritt die Grande Dame des Viertels folglich zur ausgeklügelten Tat. Das Klingklangklong der Ladentür war kaum verhallt, da knallte die Ex-Dolmetscherin dem Ex-Chauffeur einen prächtigen Bildband vor die Nase: „Das große Mercedes-Buch". Dieses habe sie gestern im Antiquariat aufgestöbert und sie verstehe nicht, wie ihm, Fidik, so etwas Persönliches habe abhandenkommen können. Sie schlug die erste Seite auf und las laut vor: „Herrn Kurt Fidik für treue Dienste – Ihr einarmiger Fahrgast Kurt Schumacher".

Fidik wurde rot wie eine Fleischtomate, wollte mit dem sich Räuspern gar nicht mehr aufhören und würgte dann ein vernuscheltes „fürchterliches Versehen" hervor. Er geißelte seine sträfliche Unachtsamkeit beim Ausmisten, lobte Frau von Eulers waches Auge, wollte natürlich ihre Auslagen begleichen und sei ihr gegenüber zu allergrößtem Dank verpflichtet. Die schlug prompt ein Tauschgeschäft vor, und Fidik blieb nichts anderes übrig als den sich sanft drehenden Bundesadler abzuhängen.

Frau von Euler flog beinahe schon über die Gehwege ihrem Reiheneckhaus entgegen und fand es echt gut, ihren uralten Füllfederhalter nicht weggeworfen zu haben. Fidik lobte als Trost sein handwerkliches Geschick, aus einem „Made in Taiwan" ein „Made in Germany" gemacht zu haben. Von nun an grüßten sie sich freundlich, wenn sie sich auf der Straße begegneten.

Show

Der Aufzug ist ungewöhnlich für diesen Ort, der Anzug auch, denn es ist ein Smoking. Das Ganze passt nicht zu Reifenstapeln, Ölflecken und Dachständern, so wie Senf nicht auf die Sachertorte passt, aber der Möchtegerngalan hat den Tiefgaragenstellplatz zur Showbühne umgewandelt.

Zum Bühnenbild gehören zwei Campingstühle, auf einem thront der liebeskranke Akteur, ein Campingtisch, darauf eine Flasche Schampus im Eiskübel nebst zwei Gläsern, dazwischen ein bunter Sonnenschirm, und davor, in Richtung Einfahrt gerückt, ein Schild, auf dem groß geschrieben steht: „Jasmin, du hast kein Recht, mir Liebe zu verweigern!" Das bewegt natürlich auch die Anlieger, die gespannt die Szenerie beäugen anstatt die Polizei oder den Notarzt zu rufen.

Eigentlich steht auf dem Stellplatz Jasmin F's Cabriolet, aber da Frau F. nie ohne Cabrio aus dem Haus geht, ist sie folglich nicht da, und alle warten darauf, dass sie kommt bei selbstverständlich geöffnetem Garagentor, damit sie gleich flott einfahren und die Komödie oder das Drama beginnen kann. Da Jasmin F. allerdings als kapriziös gilt, könnten eher die Fetzen fliegen als die Gläser klingen, so die vorherrschende Meinung, zumal der Smokingträger nervös wirke.

In der Tat braust Frau F. dann ausgesprochen flott in die Tiefgarage, wie sie das immer tut, wenn das Tor so geschickt geöffnet ist, und sie möchte natürlich diesen Schwung – wie immer – bis kurz vor die Wand auskosten, um dann in letzter Sekunde zu bremsen. Das gefällt ihr. Die Anlieger wissen das. Der Verehrer weiß das nicht. Und Jasmin F. weiß nichts von dem Verehrer auf ihrem Stellplatz.

In der Psychologie nennt man das scenario fulfillment, wenn man das sieht, was man erwartet, und Frau F. erwartet freie Fahrt bis kurz vor die Wand. Ein Fehler. Danach hört sie nicht mehr auf zu schreien. Ihr Anbeter kann nicht mehr schreien. Als die Anlieger sich sattgesehen und sich saatgezoomt haben, entschließen sie sich dann doch, die Polizei und den Notarzt zu rufen.

Stunde des Nachtkrapps

Die Kindergeburtstage waren am schlimmsten. Genau genommen waren es natürlich nicht die Geburtstage an sich, die waren so toll wie die heutigen, sondern es war der Nachhauseweg. Wenn man es nämlich geschafft hatte, sich endlich abzunabeln, vollgestopft mit Käsekuchen und Gummibärchen, breitete sich schon Dämmerung aus und der Schwenk um die Ecke gen heimische Haustür geriet zum Horrortrip.

Schuld daran waren die Erwachsenen. Wenn sie einen zu dieser Zeit noch draußen antrafen, ermahnten sie zur Eile, sonst hole die unpünktlichen Kinder der Nachtkrapp und das sei's dann gewesen. Der komme urplötzlich und lautlos angerauscht, packe einen am Kragen und trage einen fort. Alles, was man danach noch finde, seien abgenagte Knochen, welche die Feuerwehr wegen der Rutschgefahr beseitigen müsse, behauptete Nachbar Brändle, seines Zeichens Feuerwehrmann, und der musste es ja schließlich wissen.

Der Gedanke, samt Haut und Haaren von einem fliegenden Oger verschlungen zu werden, wenn ich mich des Abends verspäten sollte, ließ mich Höllenqualen durchleiden, denn als Sechsjähriger hat man das bunte, pralle Leben noch vor sich. Auch der Schlaf brachte keine innere Ruhe, denn ich wurde von ständigen Nachtkrapp-Albträumen heimgesucht und fuhr entsetzt hoch, wenn einmal wieder ein finaler Schnabelhieb mein Genick knacken ließ. Folglich schlich ich in der realen Welt, wenn Unpünktlichkeit drohte, dicht an den Hauswänden entlang in der Hoffnung, möglichst schnell eine offene Tür zu erreichen, falls ein verdächtiger Luftzug zu spüren war.

Der Spuk hatte ein Ende, als ich Tina kennen lernte, die ins Nebenhaus zog und schon acht war. Von ihr erfuhr ich, dass der Nachtkrapp eine Erfindung der Erwachsenen sei – genauso wie der Osterhase und der Weihnachtsmann. Allerdings machte mir eine Weile schwer zu schaffen, dass es die letzten beiden nicht geben sollte, denn mit diesen hatte ich bisher keine schlechten Erfahrungen gemacht. Zu Feuerwehrmännern ging ich auf Distanz, vor allem wenn sie Brändle hießen.

Tribute to Charles B.

Ihr wart zu dritt. Baldy, Jimmy und du. Euer großer Tag war der Sonntag. Ihr gingt zunächst Flippern für einen Penny pro Spiel und dann ins Burbank, so hieß das Varieté. Wir waren auch zu dritt. Frieder, Ludger und ich. Unser großer Tag war der Samstag. Wir gingen zunächst in den Jugendfilmclub für 1,50 DM und dann ins Rousseau, so hieß die Kulturkneipe.

Eure Väter hatten keine Arbeit, und ihr hattet nicht genug Taschengeld. Unsere Väter stöhnten vor Arbeit, weil sie alle noch einen Nebenjob hatten, um sich einen gebrauchten Mercedes 200 D leisten zu können. Das war gut für ihr Selbstwertgefühl, aber schlecht für unser Taschengeld. Es reichte gerade so, und wir mussten nicht klauen wie ihr, pardon, nicht uns nur unseren Anteil nehmen.

Ihr wart alle verliebt in die Stripperinnen vom Burbank. Baldy in die abgemagerte Französin, Jimmy in das Tigerweib und du in Rosalie, aber ihr kriegtet nie die Kurve. Wir waren alle verknallt in Rita, die das Rousseau schmiss. Sie nahm das zwar wahr, aber nicht ernst. Immerhin boxte sie uns, wenn sie gut drauf war, freundschaftlich in die Rippen, was uns genügte. Wir schleppten ihr dafür unentgeltlich Bierkästen und verrückten Tische, wenn ein Konzert anstand.

Irgendwann begannst du das Interesse an diesen Sonntagen auf der Main Street zu verlieren. Bei uns war es umgekehrt. Wir verloren den Jugendfilmclub, weil die Stadt die monatlichen Subventionen einstellte, und wir verloren das

Rousseau, weil Rita es mit den Steuern nicht so genau genommen hatte und sich zu einer Tante nach Kanada in die Provinz Saskatchewan absetzte, bevor es ernst wurde.

Doch du schreibst, diese Sonntage seien gut gewesen, ein winziger Lichtblick in den schwarzen Tagen der Wirtschaftskrise. Auch unsere Samstage sind gut gewesen, denn wenigstens in den Filmen bekam der Boy das Girl und wir im Rousseau von Rita die Aufmerksamkeit, die uns unsere Mitschülerinnen nicht geben wollten in der schwierigen Phase des Erwachsenwerdens.

Tübingen 1979

Ilka nannte mich einen „Rulaman pur", Sarah, ganz Frau der Tat, zielte mit einer Viertelspizza auf mein Gemächt, und Paul, dieser moralische Hänfling, bestand darauf, meine kulturphilosophische Position auf keinen Fall mittragen zu wollen. Mir drohte der Rauswurf aus der studentischen Wohngemeinschaft. Dabei hatte alles so friedlich angefangen.

Die Damen hatten Pizza gebacken, die Herren ein paar Flaschen trockenen Roten besorgt, im Hintergrund lief Zupfgeigenhansel, im Vordergrund flackerten die Kerzen aus dem Dritte-Welt-Laden, und einem beschaulichen WG-Abend stand eigentlich nichts im Weg. Eigentlich! Doch mitten im Gelage trat Ilka – so nach zwei, drei Gläschen Traubensprit – plötzlich auf das frauenpolitische Gaspedal und heulte auf: „Scheiß traditionelles Rollenverständnis! Die Mädels mal wieder am Herd und die Jungs wie immer am Korkenzieher! Wie ich das hasse, wirklich abgrundtief hasse!"

Ich nippte gerade am vierten Gläschen, ein warmes, flauschiges Gefühl von der Haarwurzel bis zum kleinen Zeh durchzog meinen Körper, und fast schon väterlich, also wissend, machte ich mich daran, diese ungestüme Attacke elegant zu parieren: „Das ist kein Scheiß, sondern menschheitsgeschichtlich betrachtet durchaus vernünftig. Ich kann's beweisen!" Drei Augenpaare starrten mich entgeistert an, leider vergeblich, denn ich holte dummerweise schon zum großen Wurf aus:

Die erste kulturelle Großtat des Menschen sei die Zähmung des Feuers gewesen, und das sei dem Urweib zu verdanken. Der Urmann nämlich habe, wann immer er dem Feuer begegnet sei, eine infantile Lust verspürt, seinen Harnstrahl darauf zu richten, um es zu löschen. Das habe ihn glücklich gemacht, sei aber ziemlich blöde gewesen, denn auf diese Weise habe man das Feuer nicht mit sich forttragen und in seinen Dienst stellen können, damit es in der Höhle nicht ständig kalte Küche gebe. Irgendwann habe es dann doch geklappt, aber zur Hüterin des in der Höhle gefangengehaltenen Feuers habe man, so lange man nicht fähig gewesen sei, selbst zu zündeln, das Urweib bestellen müssen, weil dessen anatomischer Bau es verbot, der ständig drohenden Lust des Löschens nachzugeben. Nicht auszudenken, wenn doch …

Den drohenden Rausschmiss konnte ich nur verhindern, weil ich mich als Zeichen der Buße spontan bereit erklärte, für den Folgemonat Ilkas und Sarahs Miete zu übernehmen, und darüber hinaus hoch und heilig versprach, mich grundsätzlich beim Pinkeln hinzusetzen. Ich selbst legte mir auf, in Zukunft Freudsche Fußnoten für mich zu behalten, da gesünder. Ein völlig überraschendes Angebot von Paul war es, mir in puncto Mietübernahme ein zinsloses Überbrückungsdarlehen zu gewähren, wenn's unter uns Männern bleibe. Darauf habe ich ihm glatt die Hand geschüttelt, diesem moralischen Riesen.

Tüchtigkeit als Tugend

„Nicht Muße und Genuss, sondern Handeln" könne man ihm auf den Stein meißeln, denkt der Sohn insgeheim und mit schlechtem Gewissen, aber noch ist es nicht so weit. Zwar klagt der Vater, des Nachts schwer Luft zu bekommen, „des rasselt so komisch", und wenn man ihn sieht, darf man schon erschrecken, nur noch Haut und Knochen, „aber no sauft dr Deifel net aus meinr Hirnschal", sagt er dann und lacht dabei so sardonisch, dass es selbst der Mutter gottsallmächtig wird.

Meist ist der Vater mit seinen 85 Jahren in seiner Werkstatt anzutreffen, einer wahren Folterkammer der Arbeit, wo die Wände mit Schraubenschlüsseln und -ziehern, Hämmern, Zangen, Bohrern, Sägen etc. drapiert sind. Gnade demjenigen, der ihm dabei „domm kommt" und am Sinn seines Tuns zweifelt: „Romhänga ka i, wenn i he ben – ond jetzt hauscht ab odr du hilfscht mr!" Da der Vater an einem neuen Wetterhahn werkelt, der schließlich aufs Dach muss, hilft der Sohn natürlich, und muss sich insgeheim eingestehen, dass ihm das mehr Freude bereite als irgendwelche Häkchen auf einem Bildschirm zu platzieren.

Da droben auf der Alb, wo zuweilen ein fürchtergrässlicher Wind den Hähnen heftig die Federn rupft, gilt ausruhen schon immer als verwerflich und Schaffigkeit als sittliche Pflicht. Aufgewachsen in diesem Soziotop, hat sich der Sohn nie restlos davon befreien können, vielleicht auch nicht wollen, und ist unten in der Stadt mit ihrer ausgeprägten Spaßkultur in schlechter Luft und architektonischer Enge nicht so recht heimisch geworden, das heißt auch alleingeblieben. Das elterliche Anwesen duldet in einem Radius von mehr als hundert Metern kein Nachbarhaus, der Blick geht ungehindert in die Weite, und wer mit viel Raum um sich aufgewachsen sei, denkt sich der Sohn, der könne sich an weniger wohl nicht gewöhnen.

Er kommt jetzt öfter, weil er möchte und weil er es für richtig hält, und hat doch Angst vor dem Tag, an dem die Mutter auf die Frage, wo der Vater denn stecke, nicht mehr antwortet: „Wo soll er au stecka! Im Werkstättle nadierlich!" Aber dann, tröstet sich der Sohn, könne der Vater ja immer noch zu hoch Stehendes mit dem Rasentraktor „wegschaffa", was auch eine Tugend sei.

U'berater

Morgens flogen sie aus, kreisten unheilkündend über dem Ziel und stießen hinab. Dem Verkäufer befahlen sie die Frage „Kommt noch etwas dazu?", der Filialleiterin „Was kann ich sonst noch Gutes für Sie tun?", der Kassiererin die Ellipse „Einen schönen Tag noch" und der Dame an der Reklamation, jetzt Information, den Ausruf „Alles wird gut!"

Danach flogen sie wieder zurück und putzten sich zufrieden das Gefieder.

Der Kunde aber fragte sich mit zunehmender Verzweiflung, wo er noch hingehen könne, um bloß einzukaufen.

Vergeblich

Sie steht bei Sonnenschein am Fenster mit Blick auf die Straße und bürstet sich minutenlang die Haare. Dann greift sie zur Zahnseide und reinigt intensiv die Zwischenräume. Zuletzt hängt sie sich einen roten Hula-Hoop-Reifen um den Hals und wartet. Doch nichts passiert. Auch nicht, als sie wütend die Fensterflügel zuschlägt, aufmacht und wieder zuschlägt.

Kein Lamborghini hält vor dem Haus, kein saudischer Prinz steigt aus, klingelt und fragt, ob sie zu seiner Villa am Genfer See mitfahren möchte.

Vor der Revolution

Das Land endete abrupt, indem es auf breiter Front hundert Meter senkrecht ins Meer abfiel. Unten krachte der Atlantik, von einem zornigen Wind angetrieben, mit solcher Gewalt gegen das Gestein, dass es noch einen Kilometer landeinwärts zu hören war. Oben versuchten die Möwen dagegen anzuschreien. Dort, im unwirtlichen Nordwesten der Insel, in dieser zur Melancholie anstiftenden Gegend, stand trotzig „The Pink Pub".

Die Wirtin passte eher nach Spanien als nach Irland: pechschwarzes Haar, rotes Haarband, pinkfarbener Pullover und schwarze Jeans. Der Reisende, vor dem einsetzenden Regen Schutz suchend, setzte sich ihr gegenüber an den Tresen und bestellte den unvermeidlichen Irish Coffee. Da beide den Sinn des Lebens nicht darin sahen, ständig auf ein Display zu starren, kamen sie ins Gespräch. Wo er denn herkomme, wollte die „Spanish Lady" wissen. „Germany". „Germany"!? Dort sei sie vor Jahren einmal gewesen, vor der digitalen Revolution, vor Navis und Smartphones, eben zu früh und ohne Chance, dieser damaligen Geschichte zu entgehen. Ob er, der deutsche Tourist, sie denn bitte anhören könne, diese absurde Geschichte, die sie heute immer noch plage.

Der Angesprochene, dem Empathie eine Tugend und Neugier eine Natürlichkeit waren, nickte und bekam Ungewöhnliches zu hören, während draußen mit dem heraufziehenden Abend Wind und Regen heftiger wurden. Zwanzig Jahre sei das wohl her, als sie ihre jüngere Schwester in Bad Homburg besuchen wollte, die dort ein Jahr als Au-pair arbeitete. Irgendwie geriet sie vom Flughafen mit dem Mietwagen auf die Autobahn und versuchte sich zu orientieren, der deutschen Sprache allerdings nicht gerade mächtig. Sie las dann dieses Hinweisschild, konnte den Ort aber nicht auf der Straßenkarte finden, was sie nicht verstand, da es sich um etwas Größeres handeln musste, weil dieses Schild ständig auftauchte.

Sie wurde unruhig und bog auf den nächstbesten Parkplatz ab, um die Straßenkarte in aller Ruhe zu studieren, fand diese Stadt aber immer noch nicht, worauf sie dann wütend ein paarmal die Karte auf die Motorhaube schlug – vergeblich, denn die City fiel nicht heraus. Googeln, dieses „Wo krieg ich's her?", ging damals noch nicht, also musste sie überlegen: „Wie krieg ich's hin?" Sie griff schließlich zum Wörterbuch, zu irgendetwas musste sie ja greifen, um nicht durchzudrehen, und fiel aus allen Wolken! „Ausfahrt" = „Exit"! „Zum Teufel"!

Nun, Kant hätte an ihr eine Freude gehabt, bemerkte der deutsche Tourist anerkennend. Von Häme keine Spur. „Wer zum Teufel ist Kant?" Es wurde ein langes, ein ungewöhnlich langes Gespräch im Zeitalter der digitalen Revolution.

Vor der Tür

Mitten in der Ethikstunde musste der Lehrer austreten. Der Moment war nicht ungünstig, da sich die Schüler/innen in Einzelarbeit mühten, Schopenhauers Gefühlsethik auf den Punkt zu bringen. Gegenüber der Tür zum Klassenzimmer saß auf dem Fenstersims eine Gymnasiastin, nicht die beste, nicht die schlechteste, die der Lehrer zuvor als fehlend eingetragen hatte.

Ob sie denn nicht reinkommen möchte? Kopfschütteln und hochrotes Gesicht. Kein Wort. Er komme in fünf Minuten wieder, so der Lehrer weiter, sie könne sich ja in der Zwischenzeit überlegen, ob sie ihre Meinung ändern wolle. Dann beschleunigte er seine Schritte und erreichte gerade noch rechtzeitig die gekachelte Räumlichkeit.

Beim Wasserlassen sagte er sich, dass Schopenhauer unrecht habe. Der Mensch sei nicht nur egoistisch, böse und mitleidsvoll, sondern auch höchst sonderbar. Beim Händewaschen vergegenwärtigte er sich die Worte des früheren Schulleiters, man möge als Pädagoge immer daran denken, dass man kein Psychiater sei. Beim Zurücklaufen war ihm unklar, was er tun solle, aber klar, was er nicht tun dürfe: Druck ausüben. Sie saß immer noch da.

Ob sie jetzt zusammen mit ihm ins Klassenzimmer gehen möchte, bemühte er sich. Erneutes Kopfschütteln und hochrotes Gesicht. Wieder kein Wort. Also ließ er sie in Ruhe. Nach der Stunde war sie verschwunden. In der großen Pause sprach er die Klassenlehrerin darauf an und erfuhr, dass die Schülerin in einer betreuten Wohngruppe lebe und kürzlich beim Skitag sturzbetrunken den Hang hinuntergerollt sei.

Im weiteren Verlauf des Vormittags kamen dem Lehrer Zweifel, ob er richtig gehandelt habe.

Wir Pioniere

Es war die Zeit, als der Kanzler Willy Brandt hieß und die Mitbürgerinnen und Mitbürger aufrief, mehr Demokratie zu wagen, die Zeit, als „Stan" Libuda bei der WM 1970 in Mexiko endgültig am lieben Gott vorbeikam und gegen Bulgarien beim 5:2 ein Wahnsinnsspiel machte, und die Zeit, in der wir in der 9b des Gymis eine Pioniertat vollbrachten, weil wir in der Klassenelf ein Mädchen mitkicken ließen. Das war absolut neu!

Sie kam zu Beginn des Schuljahrs von irgendwoher, sollte ein Jahr bleiben, um dann irgendwohin wieder zu verschwinden. Das sei dem Beruf des Vaters geschuldet, hieß es. Sie selbst hieß Libussa und behauptete keck, über ein paar Ecken mit Libuda verwandt zu sein. Deshalb trete sie lieber gegen den Ball als mit dem Hockeyschläger einer Holzkugel hinterherzurennen, wie es die Mitschülerinnen taten, die sie deswegen sofort nicht leiden konnten.

Ob sie denn mal probeweise mitkicken dürfe, lautete die reformatorische Frage, und wir konnten wegen ihrer verwandtschaftlichen Verästelung und überhaupt wegen des innovativen Zeitgeists einfach nicht nein sagen. Das sollte sich auszahlen! Wie ein Lauffeuer ging das nämlich herum, dass die 9b ein kickendes Mädchen habe. Sensationell! Die Jungs wollten sie alle sehen, die Mädchen, wie gesagt, eher nicht.

Libussa nahm's gelassen und entpuppte sich als Glücksfall, denn es sollte ein wunderbares Jahr werden. Sie war Spielmacherin, Trainerin und Managerin in Personalunion und formte in kürzester Zeit die tollste Klassenelf, die wir jemals hatten, dank eines prächtig funktionierenden 4-3-3-

Systems: hinten italienisch, also Catenaccio, sprich: rustikal, in der Mitte deutsch, also Beckenbauer-Netzer-Overath, sprich: Libussa & Libussa & 2 weisungsgebundene Hiwis mit Potenzial, und vorne brasilianisch, also Samba, sprich: rasches Tempo beim Reinmachen.

Die Regisseurin vermied bewusst das Toreschießen, denn die Zeit war noch nicht reif dafür, ohne Spott eine Pferdeschwanzkiste zu kassieren. Als Gegenleistung verbat man sich jedes Foul an ihr. Vielleicht lag das aber auch an den Ritterromanen, die zu dieser Zeit verschlungen wurden und in denen der gerüstete Held stets edel gegenüber der Königstochter auftrat. Jedenfalls verloren wir ein Jahr lang keinen Klassenkick, was dem 9b-Image ausgesprochen guttat und dem der 9a gefährlich nahekam.

Dann war das göttliche Jahr rum, Libussa drückte ihren Mitspielern zum Abschied fest die Hand und blickte dabei jedem so tief in die Augen, dass einem vor Schwermut fast das Herz zersprang. Ihre Spur verlor sich in den Weiten der Schwäbischen Alb und wir die nächsten Spiele.

Yin und Yang

Er hatte genug Zeit und streifte durch das akademische Viertel. Vor der Mensa blieb er stehen, erinnerte sich an die damaligen KPD-, KPD/ML-, KBW-, KAPD-, KB-, MG-, MSB-, GIM-, MRI- und DS-Büchertische mit ihrem jeweiligen Anspruch auf Letztbegründung und musste grinsen. Die Kneipe im Keller gab's aber noch.

Er ging hinein und bestellte ein kleines Export. „Noch 'nen Snack dazu?" fragte die Kellnerin, jung, schön und forsch, und er kam kurz ins Straucheln: „Wenn Sie mich so ohne Umschweife frisch von der Leber..." Sie fiel ihm ins Wort: „Mark Twain!" Er irritiert: „Weshalb Mark Twain?" Sie weiter: „Mark Twain hat geschrieben, wenn ein Deutscher in einen Satz eintauche, sehe man ihn erst wieder, wenn er auf der anderen Seite des Atlantiks auftauche – mit dem Verb zwischen den Zähnen!" Er lachte herzhaft und kommunizierte dann streng nach S – P – O: „Ich nehme eine Schinken-Käse-Seele!" Sie darauf: „Na also, geht doch!"

Kaum war er fertig, kam sie schon zum Abkassieren. Sie habe es leider eilig, denn sie möchte gleich um die Ecke in eine Studium-generale-Vorlesung mit dem Titel „Politische Interpretationen. Von Shakespeare bis Kafka", die ein Professor aus Berlin halte. Das treffe sich gut, erwiderte er, da müsse er auch hin, ob sie ihn wohl mitnehme. Sie musterte ihn kurz und willigte unter der Bedingung ein, dass er sich anständig benehme. Er versprach's.

Der Hörsaal war bestens gefüllt, doch sie fanden noch zwei unbesetzte Plätze. Von vorne winkte jemand, und er bat sie, auf seinen Rucksack aufzupassen, er müsse dann mal. Man reichte ihm ein Mikrofon, und er redete frei. Während dessen verkrallte sie sich in seinen Rucksack, denn sie wusste, dass das Danach ungleich schwerer sein werde als das Davor.

Zugriff

An seinem letzten Arbeitstag gab Herr B. zu verstehen, man müsse nicht unbedingt in der Mittagspause die Kantine aufsuchen, denn er werde eine Kleinigkeit vorbereiten. Diese bestand dann aus Orangensaft in der Tüte und vier Schüsseln Kartoffelchips. Einen Beutel Chips hielt er zur Vorsicht noch schüttelnd in der Hand und forderte die Kommenden auf, doch bitte zuzugreifen. Die ersten drei machten gute Miene zum geizigen Spiel, der Vierte, erbost, da hungrig, griff Herrn B. in den Arm, als dieser ihm das vermeintliche Buffet unter die Nase hielt. Der Fünfte aber nahm Herrn B. in Schutz. Es sei von einer Kleinigkeit die Rede gewesen, und die bekomme man ja.

Helmut Essl, geb. 1955, wuchs in Reutlingen auf und studierte Germanistik und Politikwissenschaft in Tübingen. Nach dem Referendariat Aufbaustudium an der Wirtschaftsakademie für Lehrer Bad Harzburg. Er arbeitete als Korrektor, Kolumnist, Lehrer sowie Pressereferent und lebt seit 2019 im Ruhestand in Tübingen.

MIX

Papier | Fördert
gute Waldnutzung

FSC® C083411

Zeitfracht Medien GmbH
Ferdinand-Jühlke-Straße 7
99095 Erfurt, Deutschland
produktsicherheit@kolibri360.de